Un livre sur
la patience

D0557471

— Un concours d'animaux savants! dit Gaby. Il y a un prix pour le meilleur tour.

Gaby, Alex et JP lisent l'affiche accrochée au tableau d'affichage de la bibliothèque.

LES COPAINS DU COIN

LE CHIEN SAVANT

Larry Dane Brimner • Illustrations de Christine Tripp
Texte français d'Hélène Pilotto

Éditions
SCHOLASTIC

À tous les enfants qui aiment les chiens
— L.D.B.

À Jake, mon meilleur ami à quatre pattes
— C.T.

Catalogage avant publication de la
Bibliothèque nationale du Canada

Brimner, Larry Dane
Le chien savant / Larry Dane Brimner;
illustrations de Christine Tripp;
texte français d'Hélène Pilotto.

(Les Copains du coin)
Traduction de : The Pet Show.
Pour enfants de 4 à 8 ans.

ISBN 0-439-96265-X

I. Tripp, Christine II. Pilotto, Hélène III. Titre.
IV. Collection : Brimner, Larry Dane. Copains du coin.

PZ23.B7595Chie 2004   j813'.54   C2004-902791-3

Édition publiée par les Éditions Scholastic, 604, rue King Ouest, Toronto (Ontario) M5V 1E1.

6 5 4 3 2   Imprimé au Canada   06 07 08 09 10

— Incroyable! dit Alex,
fou de joie.

JP bombe le torse, tout fier.

— Avec de la patience,
dit-il, on peut tout faire.

Jules en est la preuve vivante.

Marie-Alice est accompagnée
de sa tortue, Tatou.

Benoît est accompagné
de son perroquet, Blabla.

C'est au tour de Jules.

— Donne la patte, Jules,
dit Gaby.

Jules donne la patte.

— Roule, dit-elle encore.

Après une minute, Jules roule
sur le dos.

27

Le samedi, ils se rendent avec Jules
au parc situé derrière la bibliothèque.
On dirait que tous les enfants
de la ville sont là, chacun
accompagné de son animal
domestique.

Gaby gratte Jules derrière les oreilles.

— Avant, aucun de nous ne savait aller à vélo, dit-elle d'un air sérieux. Si nous savons comment aujourd'hui, c'est que quelqu'un a pris le temps de nous apprendre.

JP et Alex réfléchissent.

— Tu as raison, disent-ils en chœur.

Les Copains du coin se remettent au travail.

— Il n'y arrivera jamais, dit JP.

— Ça prend du temps, répond Gaby. Sois patient avec lui. Il va apprendre.

— Mais on y a travaillé chaque jour, dit Alex. Et ça ne donne rien.

Les choses ne s'améliorent pas
le mardi et le mercredi. Mais
le jeudi, Jules commence à faire
des progrès.

— Roule, dit Gaby.

Jules s'assoit.

— Reste, dit Alex.

Jules se couche.

— Viens, dit JP.

Jules aboie.

17

— Aboie, dit JP.

Jules agite la queue.

— Couché, dit Alex.

Jules agite la queue.

Gaby essaie de lui apprendre
à s'asseoir.

— Assis, dit-elle.

Jules agite la queue.

— C'est lundi aujourd'hui, dit Gaby. Nous avons toute la semaine pour lui apprendre un tour.

Les Copains du coin rangent leurs livres dans leurs sacs. Ils se mettent tout de suite à enseigner quelques tours à Jules.

9

Alex et JP hochent la tête.

— Jules est un bon chien, dit JP,
mais il ne sait faire aucun tour.

— Sauf agiter la queue,
ajoute Alex.

Ils regardent Jules par la fenêtre.
Jules est le chien dont les Copains
du coin se partagent la garde.
Les trois amis se surnomment
ainsi parce qu'ils habitent tous
le même immeuble, au coin
de la rue.